开普勒62号

[芬兰]提莫·帕维拉 著 [芬兰]帕西·皮特卡能 绘 冷聿涵 译

邀请

GUANGXI NORMAL UNIVERSITY PRESS
广西师范大学出版社
·桂林·

YAOQING
邀请

出版统筹：汤文辉　　责任编辑：王芝楠
品牌总监：耿　磊　　美术编辑：刘冬敏
选题策划：耿　磊　王芝楠　　营销编辑：董　薇
责任技编：王增元　郭　鹏　　版权联络：郭晓晨　张立飞

Layout Design: Pasi Pitkänen
First published in Finnish with the original title *Kepler62 – Kirja 1*: Kutsu by Werner Söderström Ltd in 2015.

著作权合同登记号桂图登字：20-2019-151 号

图书在版编目（CIP）数据

邀请 /（芬）提莫·帕维拉著；（芬）帕西·皮特卡能绘；冷聿涵译．—桂林：广西师范大学出版社，2021.3
（开普勒 62 号；1）
ISBN 978-7-5598-3550-5

Ⅰ．①邀… Ⅱ．①提… ②帕… ③冷… Ⅲ．①儿童小说－幻想小说－芬兰－现代 Ⅳ．①I531.84

中国版本图书馆 CIP 数据核字（2021）第 006827 号

广西师范大学出版社出版发行
（广西桂林市五里店路 9 号　邮政编码：541004
网址：http://www.bbtpress.com）
出版人：黄轩庄
全国新华书店经销
保定市中画美凯印刷有限公司印刷
（河北省保定市西三环 1566 号　邮政编码：071000）
开本：880 mm × 1 240 mm　1/32
印张：4　　字数：70 千字
2021 年 3 月第 1 版　　2021 年 3 月第 1 次印刷
定价：45.00 元

如发现印装质量问题，影响阅读，请与出版社发行部门联系调换。

开普勒62号

邀请

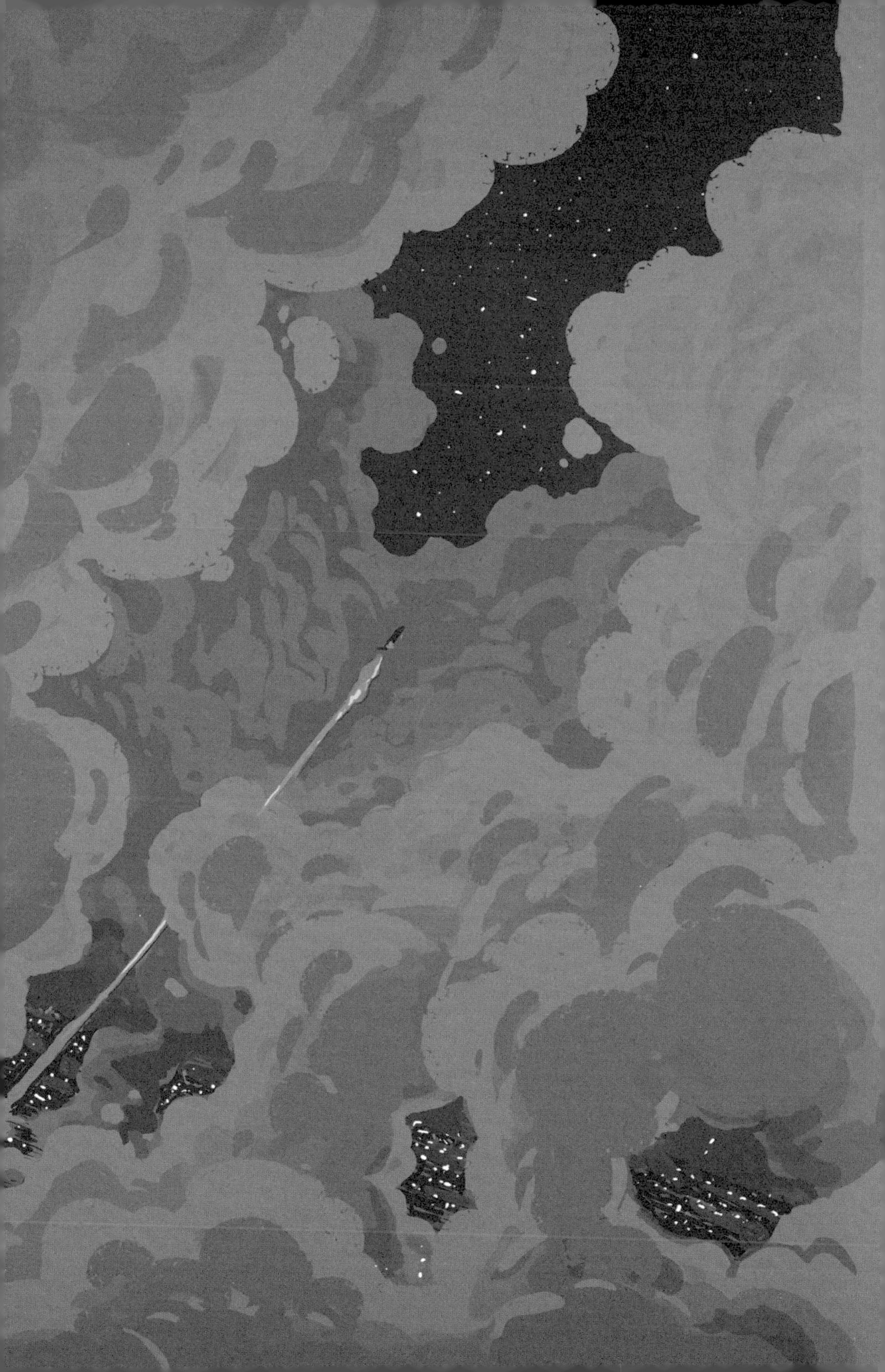

开普勒

62号

邀请

目录

第一章

男孩拿起来一个苹果，闻了闻。

监控室里坐着一名上了年纪的警卫，他盯着显示屏深深地吸了口气。外表看起来大约十三岁的男孩望着监控摄像头。

警卫起身穿上蓝色制服，然后拖着步子去叫醒另一位同样年长的警卫。另一位警卫体格更加壮硕，身上穿着同样肥大的蓝色制服，金黄的头发乱成了鸟窝，就像是刚被龙卷风席卷过一样。

男孩冰灰色的眼睛仿佛能包容一切，穿透这双眼睛似乎能直达他的内心。

男孩仍旧紧握着苹果舍不得放下，警卫一步一步朝着男孩走过来。这时，男孩脸上的表情变了，原本享受的表情彻底消失不见，反而露出了不好意思的表情。

“嘿，小子，你做了什么？”警卫问道。

“啊哈？”

男孩眼睛一眨不眨地盯着警卫。

“把苹果放下。”

男孩仍旧双眼紧盯着警卫，同时慢慢将苹果小心翼翼地放回水果架上的苹果篮子里。

“很好。”警卫嘟囔道，同时一步跨到男孩旁边，抓住男孩的肩膀和胳膊。

“把你口袋里的东西全都掏出来！”警卫命令道，手上又加大了一分力气，男孩脸上的表情不禁变得痛苦起来。然而他对警卫的命令毫无回应。警卫只能亲自将另一只手伸到男孩大衣口袋里去。

“刚才我看到你在游戏光盘那儿晃了好久，没钱就别来这儿。”

警卫用胳膊肘用力地推了男孩一把，男孩踉跄了一下，好不容易站稳了，脸上带着不甘，冰灰色的眼睛里仿佛落下一层乌云。

警卫摇了摇头，大声地笑了起来，笑声尖锐刺耳。男孩低下头，顶着风猛地冲了出去。

阿里，也就是男孩，跑出了商店，不禁抬起头叹气：“没钱，什么都不能买。”

几缕阳光穿透乌云洒向大地，雨点噼里啪啦地砸在报摊前摆放的海报架上，架子上张贴的报纸的标题十分醒目：外星研究取得重大发现！

阿里没有对这个“重大新闻”有任何关注。警卫的话仍旧在他的脑海里挥之不去。

世界新闻

第二章

家里寂静无声，阿里早就习惯了，毕竟爸爸从来不住在这里，而妈妈又总是在外面找工作。妈妈不停地寻找生活的希望，事实上，一丁点希望的火苗对妈妈来说就已经足够了。

但是什么时候能找到呢？毫无疑问，这场寻找之旅看不到尽头，因为像阿里一家这样的穷人实在是太多了。越来越少的人有钱去光顾阿里刚才去过的那种商店。蔬菜水果、新衣服、新鲜的牛奶还有面包，都成为奢侈品。对于普通人来说，一日三餐只能吃些罐头和玉米。

但是现在的阿里对于吃什么一点也不关心，他脑袋里想着的是那款游戏。他触摸过那光滑的包装，甚至感受到了游戏通关时的喜悦，然而他的口袋里一毛钱都没有。《开普勒62号》——世界上最棒的游戏，同时也是最难的游戏。全世界的每一个角落都在谈论它，但是真正能够把这个游戏光盘拿到手的人却很少。获得它的唯一办法就是在商店里找到

它，然后买下来。

阿里把外套随手扔到椅背上，地板上七零八落地铺散着一堆本应在书包里的东西，到处都是一片狼藉。

“嘿，你最好把自己的东西收拾好。”阿里大声喊道，然后亲自动手把散落的东西重新装回书包。屋内仍旧一片寂静，但是阿里知道，弟弟一定在家。

“要是你把这些东西弄丢或者弄坏了，我们可没有钱给你再买新的了。”阿里自言自语地说道。

阿里把收拾好的书包挂到玄关的挂钩上，接着把找到的食物放在桌子上：几个橘子、几片吐司、一盒果汁，还有两支棒棒糖。这时，从阿里的背后突然出现一只手向棒棒糖伸了过去。阿里飞快地把那手拍回去，然后迅速地把两支棒棒糖藏到自己的衣服口袋里。

“你应该多吃点有营养的东西，比如说蔬菜。”

乔尼站在阿里的身后，嘴巴抿成一条线，似乎是在气阿里刚刚把他的手打痛了。外人根本猜不到乔尼和阿里会是亲兄弟。乔尼是黑皮肤，体形小小的，他的头发就像是乱七八糟地缠在一起的铁丝网。而阿里则是白皮肤，体形也要比乔尼大上一圈。事实上，造成这种明显差异的原因是，阿里和乔尼是同母异父的兄弟。

“听见了没，你得注意点，多吃健康食物……”

话说到一半，阿里似乎看见了什么了不得的东西，惊讶得眼珠子都要掉出来了：乔尼的手上正拿着一个熟悉的包装盒！

“我没看错吧，这里面包着的是那个东西吗？”

“当然。”

“我可以借……”

“不可以！”

乔尼伸出另一只手。阿里见此叹了口气，然后笑了，紧接着他从兜里掏出一支棒棒糖。

“一物换一物？”

乔尼严肃地点了点头，把游戏光盘递给了阿里，然后嘱咐道：“不过这可是我的，你只能看看它。”

“好的。”

没错，就是那个《开普勒62号》。阿里不敢相信自己的眼睛，他小心翼翼地把盒子接过来拿在手里，就像是对待世界上最易碎的玻璃一样。现在，他手上正拿着那个全世界到目前为止还没有人能够通关的，那个全世界到处都在谈论的游戏的光盘。有些人说，这个游戏在最后一关之后还隐藏着一个秘密关卡，还有些人说，玩家把游戏打通关之后，会得到“邀请”。什么邀请？去哪儿的邀请？这到底是什么意思？没有人知道问题的答案。游戏的通关奖励有可能是妈妈一直在寻找的生活的希望，也有可能是能够改变生活的法宝。现在，这个游戏光盘就在他们的家里，就在阿里手上，这不仅仅是一个游戏，而且是一封邀请函。

“天哪，你到底是从哪里得到它的？”阿里嫉妒地问道。

“从一个女人那儿。”

“女人？”

“没错，她把这个给我了。”

“给你了？这怎么可能？”阿里难以置信地摇了摇头。

“这是真的，她还给了我一瓶可乐呢。”

“我不相信。”

“真的！你自己看。”

乔尼从书包里掏出来一个空的可乐瓶，阿里面色震惊地把它拿到手上。现在，如果要买一瓶可乐，大概要花光他们的妈妈在街上乞讨一个月得到的钱。阿里从来没有喝过可乐，但是他当然听说过它，所有人都知道可乐是什么东西。据说，在妈妈还是小孩子的时候，可乐只是一种很平常的饮品，并没有像现在这么宝贵。

“乔尼，你应该明白，不可以要陌生人的东西，特别是像这种没有联邦标记的饮料，更不可以喝。”

“别开玩笑了，你能够拒绝可乐吗？而且那个女人看起来很普通，非常友好，也很年轻，根本不会有任何危险的。她想把游戏光盘和可乐送给我，只是因为我是她心目中最可爱的男孩子罢了。”

“可爱？”

“没错。”

“胡说八道。”

“你就是嫉妒我，因为你没有我可爱。”

阿里认真地看着自己的弟弟，乔尼的眼睛里闪烁着兴奋的光芒。好吧，乔尼是挺可爱的。可能乔尼碰到的是一个非常富有的女人，通过这种施舍穷人的方式来给自己的生活添点乐趣，也就是从做善事中获得快乐。这种人毫无疑问还是有的。

“对了，你知道那个外星研究吗？”乔尼问道。

“那又是什么？”

“他们打算发射一些宇宙飞船去研究其他的星球。大家都在讨论这个事，据说那个星球上可能有生命的迹象。”

“这和我们没有关系。”

“为什么？”乔尼惊讶地问道。

“这只是为有钱人准备的，他们可以在新的星球上买房子或者购买大片的土地，如果那里有这些东西的话。”阿里冷冷地哼了一声，说道。

“但是，难道你就不好奇从那里发现的东西吗？这就像哥伦……哥伦……哥……”

“哥伦布。”

“对对对，就是那个发现了美洲的哥伦布。想象一下，或许宇宙里某个地方真的有一个全新的世界呢！”

兄弟俩互相盯着对方。乔尼兴奋得身子颤了颤，阿里则噘了噘嘴。

“你打算一个人玩这个游戏吗？”阿里问道。

“你猜。”乔尼笑了笑。

“你打算和我一起玩？”阿里确认道。

“你可是我的哥哥，虽然你并不可爱，但是没办法，谁让你是我的哥哥呢。”

阿里点了点头，高兴地咧着嘴笑了。他打开了包装盒，把游戏光盘放到已经有些年头、到处都是划痕的 PS 游戏机里。《开普勒 62 号》开始了。

第三章

第 49 小时

游戏的前几关与普通的射击游戏没什么区别，阿里和乔尼交替着玩同一个游戏角色，他们选定的角色是一个芬兰古代神话中十分好战的士兵，名字叫作天奇。游戏中的任务也很简单，完成指定的任务后可以获得武器、咒语，还有其他游戏中常见的奖励。

哎，前几关实在是太简单了，阿里和乔尼不得不怀疑，这个“世界上最难的游戏”的说法到底是不是真的。第 5 关的时候，两人得到了质子枪，质子枪可以说是游戏中最强的武器了，没有任何东西能够抵御它的攻击。

两人打到第 10 关的时候，有些东西发生了变化。似乎是从这时候开始，男孩们才真正地进入到游戏塑造的世界里，整个游戏以一种新的方式展现在男孩们的眼前。这不是一个打赢坏人，最后通关的普通游戏，而是一场发现之旅。

此时的阿里有一种强烈的感觉，他的旁边有个脆弱的生命正需要他尽力保护。他看了一眼在沙发上闭目养神的乔尼。乔尼很安静，然而阿里能够感受到乔尼不可忽视的存在感。阿里感到既紧张又有点害怕，他一定要保护好乔尼。

第 78 小时

已经打到了第 99 关，阿里和乔尼陷入了困境，据说其他人也是在这一关遇到了麻烦。乔尼在游戏论坛上与其他玩家讨论过，但是没人能够找到办法，全世界所有的玩家都在思考解决方案。

有个叫哈弗曼的挪威玩家自称想到了解决的办法，谁也不知道这是不是真的，总之他自己是这么说的。然而问题是，他并不愿意与其他人分享他的秘诀。

游戏界面几乎变得全黑，黑暗中隐约能够看见一个洞穴，洞穴里藏着一些十分可怕的东西，没人知道里面到底是

什么。事实上，兄弟俩从来都没有真正地进入到洞穴里面去看一看，因为他们只要靠近就会遭到不明攻击。他们也猜不到究竟是什么在攻击他们。总之，阿里和乔尼已经试遍了从等离子枪到激光枪，所有攻击力较强的武器，但是都没有成功。

第 99 关现在只剩下一次闯关机会。最后一次。这次也不成功的话，游戏就会自动结束。乔尼告诉阿里，所有玩家遇到的都是相同的状况，最后一次也失败的话，游戏就会自动结束，只剩下黑屏。此外，这个游戏就再也不能重新玩了，就算是买个新的游戏光盘也没用，游戏会自动识别玩家，并不允许玩家从头开始。

最后一次机会。

阿里沮丧地在武器库里挑挑拣拣，只剩下一个匕首两人从未试过。匕首是兄弟俩在游戏一开始的时候就获得的基础武器，显然，它的攻击力很弱。用它对付低级的小虫子都很艰难，更别提用它来对付那个隐藏在黑暗里的巨大怪物了，要知道，这个怪物可是连之前的激光枪攻击都能够抵御的。最后，阿里选择了重型机关枪，这把机关枪甚至可以击落微型导弹。第 100 关的时候就会有 100 次游戏机会，阿里长舒一口气。

“拿那个匕首。”

声音微弱，但很坚定。阿里扭头越过肩膀看向弟弟。乔尼的双眼发红，显然，他现在十分紧张。

“你去睡觉吧，这对你来说太残忍了，你不会想看到一切是怎么结束的。”

“用那个匕首，相信我，否则我们真的就完蛋了。”

“我们？”

“是我们两个人在一起玩这个游戏。”

阿里动了动身体，又活动了一下僵硬的大拇指，按下了手柄上的“开始”按钮。阿里又看了看乔尼，乔尼的眼神十分严肃认真。

“匕首？”阿里再次问道。

“没错，而且你要把眼睛闭上。”

“什么？为什么？”

“用眼睛看根本来不及。你不用思考，你必须仔细地感觉它，然后进行躲避，时机正确的时候发动攻击。我会告诉你什么时候进行攻击的。”乔尼声音颤抖着说道。

真是无厘头，阿里心想。阿里感觉到乔尼把一只手放到了他的肩膀上，然后他把武器换成了匕首，接着闭上了眼睛。屏幕变暗，最后一次机会开始了！

第四章

阿里感受到游戏手柄上传来一丝丝震动，十分轻微的震动。换作平常的时候，阿里根本不会注意到这个，但是如今闭着眼睛，阿里明显感受到了它，就像是某种生物在贴近阿里的皮肤呼吸。一种强大又可怕的生物。他还感受到了其他的东西，比如说身旁乔尼的存在让他感到十分安心。此刻的阿里和乔尼似乎在精神层面融为了一体。

阿里手中的手柄仿佛拥有生命，就连他的手指似乎都有了思想。尽管看不见，但是阿里知道他是如何在游戏中被手指引导着前进的。这种感觉就像是以前有的时候，阿里穿着袜子蹑手蹑脚地溜进一片黑暗的家里，虽然黑漆漆的什么也看不见，但是他能感受到各个家具摆放的位置。

回到游戏里，阿里感觉到面前似乎有什么东西在飞快地划过，之后他来到了一条看不到尽头的通道，往前走是十字路口。阿里仍旧闭着眼睛凭着感觉前进，幸运的是，他毫不犹豫地选择了正确的方向。然而在所有事物中，阿里最强烈的感受，就是身旁的弟弟乔尼仿佛是能安定人心的存在。乔尼仔细地观察着周围的环境，一旦出现任何一丝危险来临的征兆，他便准备立刻引导阿里发动攻击。

黑暗，仿佛能吞噬一切的黑暗。

疲惫，无尽的疲惫，阿里的耳边似乎响起了一个格外诱人的声音："放弃吧，孩子。"

前方又有东西挡住了前进的道路。墙？障碍物？还是门？阿里的手指在游戏手柄上动了动，就像在亲自触摸前方的东西一样。东西的表面是平的，冰冷的，戳不透，也没有缝隙。阿里很失落，看来他们在某个地方迷失了路，现在来到了死胡同。黑黑的通道里他们很容易走错路，然而现在想要再返回去也不可能了。阿里把手柄执在胸前，他刚打算睁开眼，突然之间又有了那种感觉，就像是某种生物在靠近他皮肤的地方呼吸。它隐藏在黑暗里，就在他们的上方，准备对他们发动攻击。是陷阱！他们掉入了陷阱！

"就是现在！"乔尼的声音在阿里的身旁回响，"快用你的匕首！快点攻击它！快！"

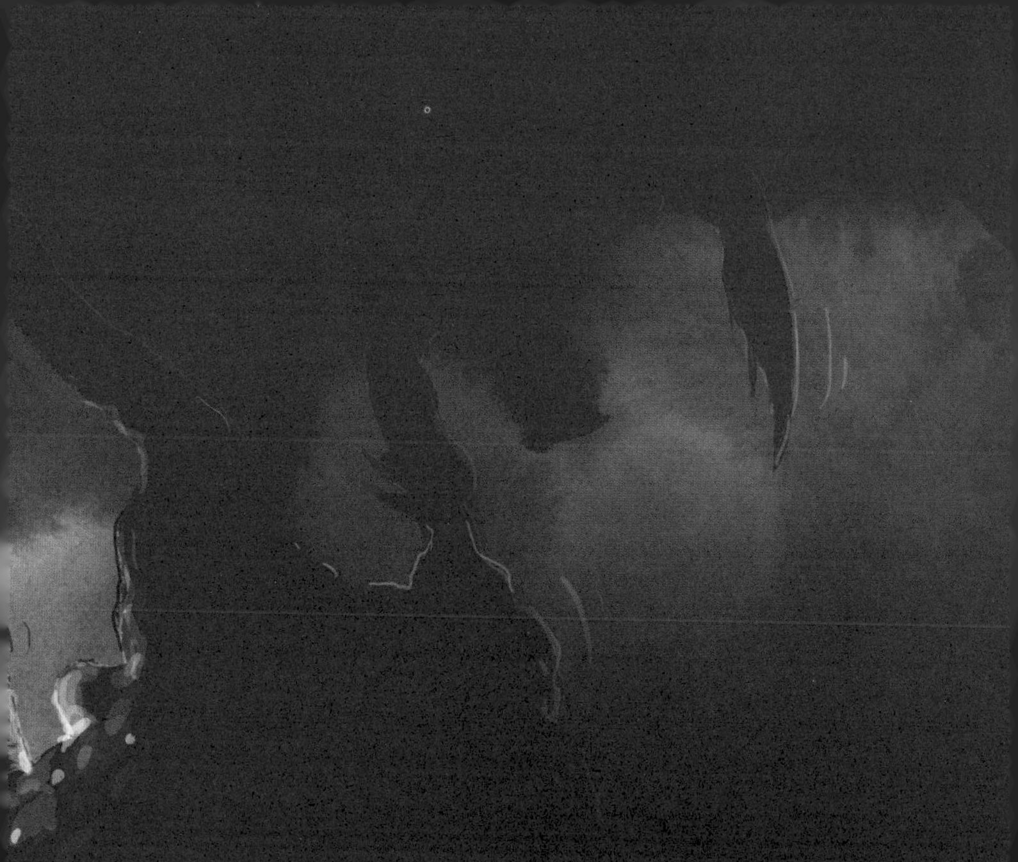

阿里不假思索地按下手柄上的按钮，手指在游戏手柄上飞快移动着。阿里将匕首投掷到黑暗中，感觉像是把它插进了某个地方。

黑暗中传来痛苦的咆哮声，接着又是一阵绵长的“嘶嘶”，最后归于平静。

阿里终于睁开了眼睛，他和乔尼盯着一片漆黑的电视屏幕。

“好吧，我们还是失败了。”阿里说道。

“还没有，再等等！”

“你自己也看见了，屏幕都是黑的，游戏已经被锁了。”

“我们没有输，我们明明打败了那个……那个……那个什么东西呀，总之我们战胜它了。”

“但是……”

就在这时，电视机那里传来了“嗞啦”的声音，又是一声“嘎吱”，接着飞快地闪过一种白得刺眼的亮光，就像是流星以千倍的速度划过，很难有人注意到。

漆黑的屏幕一点点亮了起来，就像是有某种东西以疯狂的速度从宇宙空间袭来，穿过云层，刺破黑暗，向某个地方奔去似的。刹那间，黑暗退去，整个屏幕都变亮了。

兄弟两人的眼前出现了让人难以置信的光明景象。溪水如绿松石般在阳光下闪烁着光芒，山峰直插云霄，峡谷与森林像是绿色的天鹅绒铺满整片天地，营造出别样的景致。阿里和乔尼似乎能直接闻到清新的空气，听到鸟儿的欢唱。

突然，画面向下极速消失，就像是雄鹰俯冲向大地。首先映入阿里和乔尼眼中的就是一片草坪和两个在草坪上嬉戏的男孩。男孩们在草坪上边跑边放风筝，笑啊，闹啊，一片欢腾。其中一个男孩长得小小的，黑皮肤，有着一头卷卷的头发，阿里看着他有些眼熟。画面里，个子较小的男孩不小心被绊倒在地上，他赶忙拍拍屁股站了起来，追在高个子男孩的后面。阿里和乔尼一下子认出了屏幕中的男孩——就是他们自己。

屏幕又暗了下来。

第五章

阿里被弟弟的啜泣声惊醒，他摸了摸乔尼的额头，烫得都可以煮熟鸡蛋了。乔尼呼吸困难，不停地咳嗽，张大着嘴巴十分地难受。阿里赶忙打开药箱，想要找到能吃的药，但是里面什么也没有。没办法，阿里只能浸湿毛巾，然后把它敷在弟弟的额头上。以前在他发烧的时候，妈妈就是这样做的。现在阿里用同样的办法来照顾乔尼，就像妈妈还在家时照顾他们一样。

阿里在弟弟身旁守了一夜。到了早上，阿里实在扛不住快要睡着的时候，乔尼摇了摇他的手，阿里一下子就清醒了。

“你为什么在这儿坐着呀？”乔尼不解地问道。

“我？难道你……什么都不记得了？昨天晚上你烧了一夜。”

兄弟俩的脸上都是一副震惊的表情，互相看着对方。

“我不记得了，”乔尼说道，“我现在感觉很好。”

乔尼的额头已经不烫了，整个人看起来精神十足。

“或许是因为食物中毒或者是吃了其他过期的东西。还有可能是因为你喝的那瓶可乐出了问题。”阿里说道。

“你还在嫉妒我喝了那瓶可乐呀？”乔尼边说边开玩笑般地冲着阿里打了一拳。阿里也回了弟弟一掌。男孩们打闹了一会儿，最后阿里还是让弟弟赢了，并且让乔尼占领了自己的床。乔尼坐在阿里的胸膛上，目不转睛地盯着哥哥。

“你和我想的一样吗？”平静下来之后，乔尼问道。

阿里皱了皱眉头，他不知道该说些什么，稍后他抬起头，问道：“你在想什么？”

“《开普勒62号》。”

“哦，我没想这个，这不过是个游戏而已，而且是个特别愚蠢的游戏。游戏里的噪声还特别吵。”

“草坪上的那两个男孩，你还记得吗？那是我们，我们在游戏里。这怎么可能呢？”

乔尼瞪大了圆圆的眼珠，眉头紧锁。

“啊哈，那不过是个小把戏。游戏设计师可能从网上找到了我们的照片，或者是我们在玩游戏的时候，PS 游戏机的摄像头抓取了我们的影像，然后把它们变成了动画效果加到了游戏里。没什么大不了的，只是用技术搞的小把戏而已。”

“好吧，”乔尼犹豫地应道，“不过那些草坪、森林、峡谷、山峰，还有小溪，都是真实存在的吗？世界上真的有这样的地方吗？”

“我也不知道呢，也许真的有吧，在那里没有严重的干旱。不过那种地方一定是只对那些有钱人开放的。我们可没有钱。”

“我觉得它可能是通关的奖励，我们打赢了游戏然后就可以去那个神奇的地方啦。你觉得呢？”

乔尼的眼睛里一瞬间迸发出激动的光芒。阿里摸了摸乔尼的额头，唉，额头又开始发烫了。

第六章

阿里和乔尼深刻地感受到他们的情况不妙，医院的大厅处于严密的监控中，天花板上的圆形摄像头时不时地闪烁着红光，记录下大厅里人们的一举一动。大厅的墙上挂着几块显示屏，屏幕上正循环播放庆典的现场画面，世界各地的人们都在庆祝将要开始的宇宙探索之旅呢！这可是一件了不起的大事，整个世界都为此疯狂了。

“把右手放到扫描仪那里。”

由于要遵循男女平等的原则，所以负责接待来宾的自动机器的声音被设定为既不是男声也不是女声，听起来只是一种冰冷的金属音。

乔尼把右手放到透明的玻璃盘上面。

“请稍等，正在识别。”

乔尼转头用烧得通红的眼珠看着哥哥，而阿里则神色不安地看着随处可见的摄像头。他知道，他们没法在这里干任何坏事，不过他总觉得，这些摄像头似乎在专门盯着他们。

“乔尼·维塔，注册号码 131214-RFT23O+7，房间号 98。谢谢合作。”机器里再次传来声音，手续终于完成了。

环球
搜索
人类社会的新希望！
向着未知出发！
太空中有新发现！
干旱在西欧肆虐。
联邦警察镇压游行示威者。
联邦是我们的朋友。

“谢谢你。”乔尼高兴地说道。阿里拽着乔尼沿着长长的走廊寻找他们的房间。走廊两旁有着数不清的标着号码的房门。

“真是见鬼了！”阿里低声咒骂道，用手使劲把卫衣上的帽子扣在脑袋上。他现在处于极度的烦躁中，同时有一种强烈的不安，这些摄像头只监视着他们兄弟俩的行动。

98号房门在这一百扇房门中并不突出，没有什么特别的。不对，其实还是有一点不一样，阿里他们面前的房门开着一条缝。阿里停住了脚步，他之前就是在害怕这个。医生是由联邦进行管理分配的，而联邦是所有人的朋友，对所有人都是同样的关爱——所有人，没有特例。如果有医生在上班的时候回家睡大觉，联邦就会对他进行严厉的处罚。孩子们是重点照顾对象，要保证他们不会为任何的事情担心。毕竟孩子是国家的未来啊。小孩子就要乖乖地当个小孩子，这就意味着，那些糟糕的事情是不会让小孩子知道的。阿里站在门外犹豫不定地思考着，但是思考从来不是阿里的强项，他更擅长直接行动。

“我也不是很严重，就是感冒了而已。我们可以回家，明天我就好啦。”乔尼察觉到阿里犹豫的神情后说道。

阿里终于做了决定，推开眼前的房门。白色的房间里摆放着透明玻璃做成的桌子，这个桌子同时也是电子显示屏，桌前坐着一个看起来像是印度人的小女孩。女孩看起来和乔尼一般大，大概八岁。也只有这个年纪的孩子才能被科学的方法改造神经系统，好让他们能够成为不同行业的专家，提前投入工作。这都是因为世界人口老龄化严重，造成劳动力严重短缺。然而据说现在不再允许进行神经系统的改造了，似乎是因为改造后的结果并不如预想般令人满意。没有人告诉大家，到底是什么地方出现了问题。之前接受过改造的孩子没有任何选择的权利，现在已经开始工作了。桌子旁的小女孩好奇地睁大了眼睛，目不转睛地盯着来人看。

“我是库玛博士，有什么可以帮助你们的？”小女孩，也就是儿科医生，用尖锐的嗓音问道。

“我的弟弟需要吃药。”

“把手放在这里面。”医生指了指桌子下方的金属设备说道。

乔尼乖乖地把手伸到设备里面。

库玛在桌子上比画了两下，打开了显示屏，接着又在空中比画了几下。在阿里看来，她似乎是把什么看不见的东西拖到了显示屏里，这时显示屏上出现了一串奇奇怪怪的化学符号和数字。

“一种非常独特的病毒。这是一种混合病毒，之前从未见过。”库玛尖声道。

“你们的妈妈现在在哪儿？”她的声音突然变得不那么尖锐，稍微温和地问道。

“那个机器上没有显示吗？”乔尼问道。

“按理说应该显示，但是却没有。联邦应该掌握父母的情况以及动态，联邦是孩子们的伙伴，是我们所有人的朋友。”库玛再次提高了嗓音说道。

“妈妈可能在联邦看不见的某个地方。”乔尼猜道。

“没有看不见的地方。绝对没有！联邦不会允许这种情况出现。每个人都要有爸爸和妈妈，每一个人都要得到充足的关爱。你们再撒谎的话，我要叫警卫过来了。”库玛威胁道。她伸手想要按下警报按钮，然而阿里在此之前及时地抓住了她的手腕。

“你竟然敢抓住我的手。这是不被允许的。”

库玛博士的眼睛先是因为惊讶而微睁，紧接着便充满了泪水。

“你冷静一下，”阿里尽可能保持平静地说道，“我们只是希望你可以开些药给乔尼吃。其他的都不需要。难道这个要求很过分吗？”

“我没有办法给你们药吃。这种药品可是被列在‘禁止’名单上的。”库玛说道，眼珠不安地四处转动。

“你想吃这个吗？”阿里挥了挥手中的棒棒糖，温柔地问道。这是阿里从垃圾里翻出来的两支棒棒糖中的一支。库玛更加吃惊了。

“这是……是……不健康的东西！”

“这可是好东西。啧啧，你要是不想吃的话，我可就自己一个人吃了。”

八岁的博士库玛用袖子擦干眼泪，点了点头。

“只要你告诉我们药品的密码，让我们能够在自助机器上拿到药，这支棒棒糖就是你的了。”

库玛犹豫了一下。阿里叹了口气，开始拆棒棒糖的包装。

“等一下！”女孩慌张地喊道，“我只能给你们开很小分量的药，没办法完全治好病，不过至少能缓解一些。密码是WRT8Q3C。棒棒糖给我！”

阿里看着乔尼，似乎是询问他的意见，乔尼点了点头。阿里把棒棒糖递给了库玛，接着紧紧握住弟弟的手一起跑出了房间，向着大厅奔去。

“小孩子或许能被改造成医生，不过事实上，他们仍然是小孩子罢了。”阿里边跑边想着。

男孩们把密码输入自动取药机，然后安静地等着。大厅十分空旷，眼前的机器不时发出嗡嗡声，从机器的内部也传来一阵阵古怪的声音，“啪”“扑通”……阿里意识到，他们的药品正被传送过来。自动取药机的出口打开了，一盒药正好掉在出口的凹槽里。阿里赶紧把药拿了出来，咦，盒子是白色的，上面甚至连药的名字都没印上，只是在一个小角落印了一幅小小的图画，打眼一看，像是旧式的帆船，和当初哥伦布进行航行之旅时所乘坐的帆船一样。不过阿里他们现在可没有时间欣赏艺术作品。阿里把药交给乔尼拿着，乔尼在旁边一直期待地伸着手。而就在这时，整个大厅疯狂地响起警报声，“嗡嗡嗡嗡嗡嗡……”难道阿里把药递给乔尼的时候不小心碰到了某种隐形警报线?

“发生什么事了？”乔尼吓了一跳，问道。

“可能是因为库玛刚刚吃了那支棒棒糖吧。”

“你们快走吧，我能帮你们拦住警卫一会儿。”兄弟俩身边突然出现了一位浅色头发、身材苗条的年轻女人。女人嘴角一直带着笑容，不过笑容里并没有什么温度。阿里盯着女人看了一会儿，难道她是从太空中传送过来的？毕竟她出现得实在是太突然了。不过现在可不是他们认真思考这件事的时候，警卫的脚步声已经越来越近了。

“又见面啦！”乔尼只来得及和女人打个招呼，就被阿里拉着向医院大门处跑去了。

在警报系统自动把医院的出口旋转门锁住之前，阿里和乔尼总算是跑了出来。外面下起了大雨，他们透过落满了雨珠的玻璃旋转门，模糊地看见刚才那个浅色头发的女人拦住了警卫，然后做了个手势，把警卫引向医院的另一条走廊。警卫顺着女人指的方向，抬腿就跑走了。

“什么叫‘又见面啦’？”阿里看着乔尼问道。

“她就是那个女人。”乔尼疲惫不堪地说道。

“谁？”

“就是那个送给我游戏光盘还有可乐的女人。”乔尼说完便瘫软地倒在了地上。阿里赶忙摸了摸他的额头，倒抽了一口冷气，乔尼的额头简直烫手！

“快！抱紧我的脖子！”

医院大厅里又开始了骚动，隐约能看见警卫的身影。乔尼抱住哥哥的脖子，阿里背起乔尼拔腿就跑。

“阿里。”

“什么？”

“我们为什么要跑啊？我们明明没有干任何坏事。”

“我们刚刚不小心碰到了警报线。他们发现了我们，现在想要抓到我们，然后把我们变成……幸福的人。”

“这难道不是好事吗？”

“呃……我不知道。不过在他们看来，小孩子一定要每天都幸福快乐，无忧无虑的，这样才不会惹麻烦。”

“那我们现在去哪儿？”

“去一个联邦也找不到我们的地方。”阿里回答道。

“可是刚才那位医生说了，根本没有这样的地方。你也听到了。”

“比起我来，你更相信那个小孩子？”

阿里迅速转过拐角，一动不动地紧贴墙壁，然后一步步地退到了角落里。

“灰色的大人们。”

迷迷糊糊的乔尼也瞥见了两个穿着干净整洁的灰色衣服的男人。毫无疑问，他们一定是联邦的人。平常在大街上，一般人碰见了他们，甚至都不敢抬头看。

“他们怎么这么快就找到我们了？”

阿里谨慎地摇了摇头，然后点头示意旁边的那条胡同。大雨中，一个停留在半空中的摄像机闪烁着红光，正盯着他们。就像是戏剧舞台突然塌陷，刚才还是一幅熟悉又安全的景象，但是突然之间，舞台后那些支撑这些美丽画面的丑陋的柱子就暴露了出来。

阿里在上衣的口袋里摸索了一阵，掏出了一个弹弓，还有一块已经在口袋里放了很久，上面甚至沾满了深色毛毛的软糖。

“不用了，谢谢，现在我吃什么都没有味道。”乔尼拒绝道。

阿里根本没有注意乔尼说的话，此刻的他全神贯注，瞄准，发射！一块软糖就冲着离地面十五米高的摄像机飞了过去。软糖顺利地击中目标，粘在了摄像机的“眼睛”上。

摄像机在原地不停地打转，然后冲着墙飞了过去。

“现在，我们有整整一分钟时间找个下水道进到里面，到那个联邦也找不到的地方。”

阿里把乔尼从地上拉了起来，他们听到拐角处传来脚步声。

“就是现在！”

“等等！”乔尼喊道。阿里正准备冲到高楼之间的一条窄窄的胡同里。

“怎么了？我们没有时间等了！只剩下半分钟了。”

“药！我把药弄掉了。”

下水道的井盖离他们不到十米远，从那里下去，就进入了这座城市的地下世界，联邦的人就再也找不到他们了，也无法对他们表示关爱了。总之人们都是这么认为的，阿里也坚信那是个安全的地方。还有一部分人坚称，根本没有这样的地方存在，正如库玛博士所说的，联邦的关爱存在于这座城市的每一个角落。

“把我放到地上！我要下去！”乔尼要求道。

“不可能！”

“别管我了，我只能拖累你，没有我的话，你还能逃走。”

“我不知道他们会把你带到哪里去，当然了，你也不知道，所以我们必须待在一起。”

阿里收紧了双手，让乔尼紧紧地趴在他的背上。乔尼叹了口气，打消了继续劝说哥哥的念头。他一直都清楚阿里有多么固执，何况现在自己还发着烧，所以平常那种打一架分胜负的方法也行不通了。乔尼相信，现在，就算是一群凶猛的犀牛也不能让阿里退缩。

“我不会让任何人分开我们的。”阿里说道。

时间在缓慢地流逝，兄弟俩静静地等待着，感觉每一秒都十分漫长。他们不知道接下来会发生什么，或者他们会被带去哪里。

脚步声越来越近，下一秒，两个男人转过拐角，出现在兄弟俩的视线里。就在这时，对面的方向传来一阵轰隆隆的鼓声，这也令两个男人加快了原本悠闲的步伐。阿里背着乔尼慢慢向后退，男人们一步步向他们逼近。男人们穿着十分干净的灰色制服，看起来却十分友好，就像是在遛弯的两个上了年纪的老人。

“哈哈，”其中一位高兴地开口说道，“我就说了，这些孩子聪明极了。”

“你说得没错。”另一位点头附和道。

这时，拐角处又出现了一位手中挥舞着指挥棒的游行者，紧接着，他的身后出现了一整支乐队！队伍里的人有的在敲鼓，有的在吹笛子，还有的在吹巴松，热闹极了。乐队的末尾有人高高地举着横幅，上面写着：“祝愿太空探险者一切顺利！你们是人类的英雄！”

阿里惊呆了，穿着灰色制服的两个男人显然也被这个游行队伍惊到了，一动不动地停在原地。阿里回过神来，向游行队伍挪近了一步，似乎是想要加入他们。

“你们把这个弄掉了。”其中一个穿着灰色制服的男人说道，然后把白色的药盒递给了乔尼。

雨停了，太阳也从云层后冒了出来，阳光洒向大地。雨过天晴，刚刚所发生的一切就像是一场梦，游行队伍敲敲打打地向下一个街道前进。

没有暴力，没有强迫。一个穿着灰色制服的男人小心地把阿里背上的乔尼抱到自己怀里，另一个则温柔地牵起阿里的手。他们一起向停在街边的黄色小轿车走去，驾驶座上也坐着一个穿着灰色制服的男人，看起来像是前两个人的兄弟。

“他们家一定是个大家庭。”乔尼小声说道。男人把乔尼轻轻地放到了座位上。

“你们要带我们去哪儿？”阿里坐到乔尼旁边后，开口问道。

没有人回答阿里的问题，司机只是轻轻地笑了笑。站在车旁的两个男人大笑起来，然后关上了车门。

“联邦是我们的朋友。”乔尼嘟囔道。

阿里和乔尼根本没有想到他们会被送到这里，没错，他们被司机送回了家。然而，“惊喜”并未就此结束……

“我会留在这里照顾你们，一直到你们的妈妈回家。”穿着灰色制服的男人微笑着说道，然后向沙发走去，坐到仍旧发着烧的乔尼旁边。男人拆开了乔尼一直拿在手上的那盒药，将两片药和一杯水一起递给身边的病人。

“我们的妈妈？”乔尼脸上的表情十分复杂，既高兴又有点怀疑和惊讶。

“没错，我们已经通知她赶快回来了。”

“你们……你们竟然知道她在哪儿。”乔尼惊讶地问道。

“当然了。”

“但是你们……怎么……为什么会……”乔尼不安地看了哥哥几眼，而阿里只是严肃地注视着前方。乔尼不说话了。事情已经变得非常糟糕了。如果联邦的人一直都知道，兄弟俩的妈妈很久都没回过家了，只有阿里和乔尼两个人一起生活，那为什么没有把他们抓走呢？这可是违反规定的！难道……联邦一直在派人暗中监视他们？

“你到底是谁呀？你的名字是什么？你不会连名字也没有吧？”阿里怀疑地看着坐在沙发角落里的男人。

“我和你们一样，当然也有名字了，我叫亨利。”

“那你是做什么的呢？你是联邦警察吗？”阿里的冰灰色眼睛一眨不眨地盯着男人。通常来说，被阿里如此冰冷的眼睛一直盯着看的话，一般人都会感到害怕的，然而亨利坦然地回视阿里，显然，他很淡定。

“我只是个大人。”

“那是什么意思？大人也是个职业？”阿里追问道。

“意思是，我可以照顾像你们一样的小孩子。我还负责让一切事情都在正常的轨道上运行。小孩子就要有小孩子的样子，他们必须按时去上学，放学后做做运动，总之要过一种充实的生活。”

“你们为什么不让我们过自己的生活呢？为什么一定要看着我们做这些事？”

亨利叹了口气，抬眼看了一下天花板，之后又用父亲般的眼神看着兄弟俩。

“你们也知道，自从我们人类意识到不能再有战争，大自然再也经不起破坏之后，就有了现在的联邦。气候已经发生巨变，如果没有严格的计划，从土地上收获的粮食甚至都不够地球上所有的人吃。联邦的任务就是拯救我们所有人，帮助我们生存。当然了，这也意味着，我们必须过一种节制的生活，停止对环境的污染，那种毫无意义的旅游也必须停止。联邦负责引导人们走向正确的道路。像你们这种年龄的小孩子肯定不能理解这些事，所以才需要我们大人来帮助你们。毕竟，孩子就是未来，你们是我们大人所拥有的最珍贵的宝物。”

“听起来就像是我们小孩子是所有大人的共同财产。”阿里嘟囔道。

男人的眼神十分温暖。

“我们生活在人类社会的最好时期。马上要开始全新的宇宙探索之旅了，这也意味着，我们又有了新的希望。”男人欣慰地叹了口气，微笑着说道。

乔尼在一旁认真地听着哥哥和男人之间的对话。阿里的目光则格外冰冷，他看见亨利刚刚抬头看天花板。阿里曾听说过，当光线以一定的角度射入某些人的眼中时，会出现让人不易察觉的“闪光”，这种闪光显示其大脑的神经系统被改造过，但是这只对那些天才的大脑适用，类似库玛的那种天才。而且据官方消息，神经系统的改造已经被下令停止了。阿里想，也许是他看错了吧。

“太好了，我们现在很安全，生活也会越来越好。”阿里点头道，第一次露出了笑容。乔尼瞥了一眼哥哥，阿里向他皱了皱眉。

兄弟俩都笑得十分开心。

第十章

“你觉得妈妈真的会回家吗？”阿里把乔尼抱到床上时，乔尼忍不住问道。刚刚吃的药开始起效了，乔尼额头的温度降了下来，脸上也渐渐恢复了血色。

阿里回头看了一眼紧闭的卧室门，低声回答道：“我觉得不会。”

“那妈妈要是回来了怎么办？而且那个男人说妈妈一定会回来的。你觉得，妈妈会不会是联邦的秘密特工，是那些所有穿着灰色制服的人的领导？明天，妈妈回来了，然后把所有的秘密都告诉我们，我们一家人又可以在一起了。”

阿里耸了耸肩膀。

“你刚才也听到了，那个男人提到了宇宙探索之旅。”乔尼继续说道，“也许真的在太空中发现了某些特别棒的东西，就像是我们在游戏最后看到的那个特别漂亮的地方一样。你也看到报纸上和电视上的新闻了，还有那个游行。”

“就算是有那种地方，也与我们没有任何关系。”阿里低声说道。

“为什么？！”乔尼的嘴唇不禁微微颤抖。

“那是大人们的事。就算是他们发射宇宙飞船到太空中去，你觉得宇宙飞船能装下多少人呢？十个？一百个？毫无疑问，能登上宇宙飞船的一定得是大人。全世界有几十亿的人口，我们不属于那一百人的幸运儿队伍，就算宇宙飞船能装得下一万个人，也轮不到我们俩。”

“那个游戏，《开普勒 62 号》……”乔尼说道。

“游戏怎么了？”

“我觉得，游戏里一定藏着什么我们还没发现的秘密。”

“但是我们已经把游戏玩通关了，不会再有秘密了。”

“那传说中的奖励呢？我们根本没有获得任何奖品，尽管我们已经玩完了。”

“只是谣言而已，都是为了让游戏卖得更好罢了。也许人们还有些别的想法，比如说用卖游戏挣的钱来支持宇宙探索之旅。你应该也明白。”

“我认为我们还得好好研究一下那个游戏，特别是游戏最后的那个短片。短片里，我们在草坪上放风筝。你想想，如果……也许那个游戏代表了某种邀请函呢……”

“睡觉吧，乔尼。”

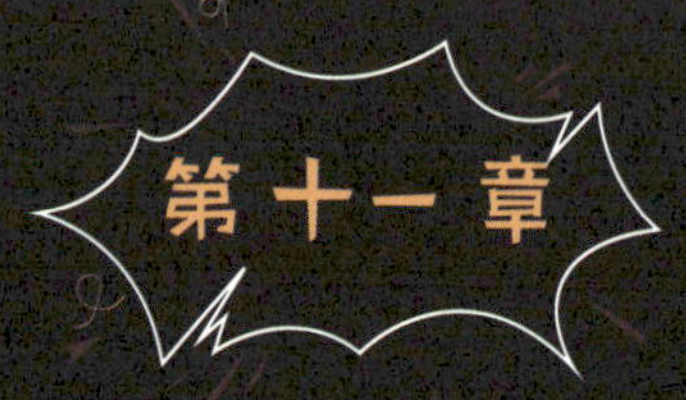

第十一章

新出炉的面包散发着浓浓的奶香味。阿里耸了耸鼻子，仿佛在睡梦里也闻到了这股诱人的甜香。他仿佛回到了小时候，那时每逢周日的早上，妈妈都会烘焙小圆面包当作早餐。刚从烤箱里拿出来的小圆面包热乎乎的，还有点烫手，阿里不得不两只手轮换着。不过就算是再烫手，阿里也舍不得放下，他通常会用手指戳一戳酥酥的面包皮，一直到酥脆的面包皮上出现裂纹。

阿里睁开了眼睛，擦干了脸上的泪。面包的甜香味充满了整个房间，这浓浓的香味扑鼻而来，让阿里甚至有种错觉，梦境似乎变成了现实。

阿里来到了厨房，眼前的一切对于他来说既熟悉，又像是在梦中般让人难以置信。

乔尼坐在厨房的椅子上，正美滋滋地吃着刚出炉的小圆面包。他手上还拿着一杯牛奶，开心地晃悠着小腿。在他的身后，兄弟俩的妈妈又从烤箱里拿出一盘刚烤好的面包，然后转身揉了揉乔尼的头发。

阿里使劲地闭上眼睛，晃了晃头，再把眼睛睁开。

妈妈就站在他的面前，身上穿着方格图案的围裙。

“早上好，阿里。”

这是妈妈的声音，清亮又温暖。

阿里的眼泪瞬时涌了出来。妈妈一步步地走近儿子，紧紧地把阿里抱在了怀里。阿里将脸埋在妈妈的怀里，无声地哭泣着。

等大家都平静下来，兄弟俩和妈妈都坐在客厅的沙发上，妈妈坐的位置，前一晚坐的还是那个叫亨利的男人。

“我知道，我太久没有回家了，但是……”

妈妈停住了话语，看着男孩们。

“你之前到底在哪儿？”乔尼认真地看着妈妈问道，他甚至都不敢眨眼，生怕一眨眼，眼前的妈妈就又不见了。

“是啊，在哪儿？”阿里也轻声问道，没有丝毫的质疑。

“我……我一直在街上……希望能找到人帮帮咱们家，但是我被处罚了，从那以后我就一直在医院里待着。我当然很担心你们，但是他们向我保证会好好地照顾你们的。”妈妈说道，“所以他们说话算话吗？到底有没有好好地照顾你们？你们还好吗？”

阿里瞥了一眼乔尼，乔尼看起来状态不错，已经不再发烧了。

“我们都很好，没有遇到任何麻烦。是吧，阿里？”乔尼祈求地看着哥哥。

“是的，一切都很好。”阿里有些不情愿地回答。

“不过现在一切都变好啦，你们看起来过得不错，我也回家了，我们可以像从前一样生活。所有的难题都已经解决了。”妈妈笑道。

“这些用玉米做的小圆面包味道和以前的一样，甚至比以前的还要好吃。”乔尼夸赞道，说完从盘子里拿起他今天早上吃的第六个面包。妈妈脸上带着微笑，她抬头看向天花板，大声地笑了出来。见此情景，阿里的身子颤了一下，然后紧紧地闭上了眼睛。他多希望自己只是在做噩梦，一会儿就会醒来。

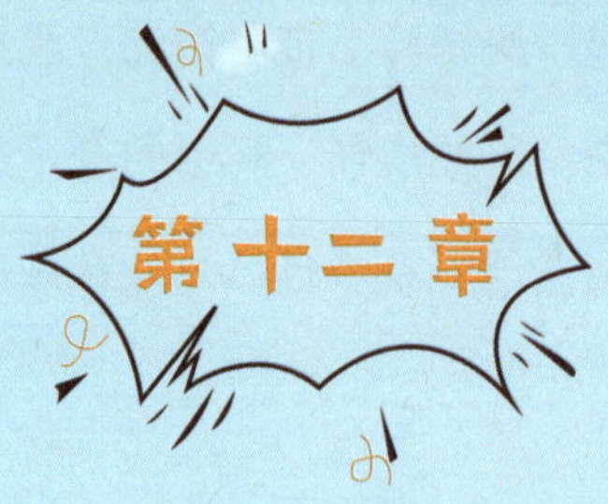

第十二章

“这一切都是你的想象！”乔尼用尖锐的声音喊道。

“小点声！”阿里回答道，然后把音乐的声音调大，正好掩盖住他们俩说话的声音。

“你总是觉得身边的人都是魔鬼变的。在你看来，我们的生活永远都不会变好。”乔尼小声地嘟囔着，阿里几乎听不清他在说什么。

“这不是我的想象！我真的看见了！就在她抬头看天花板笑的时候，我看见了她眼睛里闪着光。你还记得前天送我们回家的那个穿灰色制服的男人吗？他的眼睛里也有！”

“你看错了！或者，这都是你自己想象出来的！实际上，你并没有比我多懂些什么。我当然也会发现的，如果妈妈不是……如果妈妈是别的东西……”乔尼重复了一遍，但是这次明显声音不确定了很多。

“你难道就不觉得奇怪吗？之前妈妈已经有好多个月没有和我们联络了，然后她突然出现在家里，碰巧是在我们被联邦的人发现之后。”

“这说明不了什么。妈妈也告诉我们了，她之前一直待在医院里。”

“我真的在她的眼睛里看见了闪光，我发誓，这是真的。”阿里坚定地说道。

“就算是真的，那也是有原因的，这可能和妈妈之前生病有关。如果他们可以让六岁的小孩子成为医生，那他们当然也能治好大人啦。所以妈妈不是坏人。”

阿里叹了口气。他当然知道，相信这个真相是非常难的：他们的妈妈，回到家里的妈妈，根本不是他们真正的妈妈。或许之前是他们的妈妈，但是现在已经不是了。说实话，他也并不确定，也许乔尼说得对，这不过都是他在胡思乱想罢了，眼睛里的闪光或许真是因为生病导致的，或者是因为别的。但是……

“我们必须赶快逃走。”阿里对乔尼耳语道。

“什么？”

“我有种不好的预感，某些不好的事情要发生了。”

“比如？”

“我也不知道，不过肯定是非常糟糕非常可怕的事情。过去的几天发生了太多奇怪的事情：游戏、你的可乐、古怪的病毒、那些穿着灰衣服的大人，还有现在妈妈突然回家。

对了，还有眼睛里的闪光。我们必须赶快离开这里，找一个地方藏起来。”

乔尼难以置信地大笑起来。

“好吧，好吧。那你觉得我们去哪儿藏起来比较好？床底下？下水道？地下室？听起来都挺吸引人的，你自己一个人去吧，我可以每天通过马桶给你送吃的。”

“你自己也说过，游戏里有我们还没有发现的秘密，你说，这个游戏代表了某种邀请函。”

“没错，我是说过，但是……”

“如果它确实是某种邀请。”阿里强调道。

“啊哈？”乔尼惊掉了下巴。

“我猜，游戏是生活在‘暗处’的人对我们发出的邀请，换句话说，是那些生活在联邦也发现不了的地方的人，那些自由的人。”

阿里紧紧地抓住乔尼的胳膊，他越来越确定自己的猜测。乔尼盯着哥哥看了好久。

“自由的人？什么叫自由的人？难道我们不是吗？”

“你太小了，所以有些事根本不懂，不过我都明白。我们的附近有一些看不见的围栏。”

“为什么……”

“我也不知道，总之马上要发生很可怕的事了。我们……”阿里不自觉地吞咽了一下，随后闭上眼睛，“我们会像妈妈一样被人改造大脑，然后眼睛里就会出现闪光了！”

“你又在胡思乱想了。你根本没有办法证明你说的是真的。”

“好吧，”阿里叹气，“也许我不能证明，但是我们可以再玩一次游戏，这也不费什么事。我们可以找找，有没有什么东西是我们之前没有发现的。”阿里提议道。

“你们没有发现什么？”

妈妈站在门口，她几乎是凭空出现在那里的。她站在那里多久了？阿里警告般地看了乔尼一眼。

“我们在说之前玩的一个游戏，阿里在游戏里输给我了，他不服气，想要再玩一次。”乔尼笑着说道。妈妈也笑了。

“你可以把放在书架上的鸭舌帽拿给我吗？”乔尼问道。

妈妈抬头看去，把红色的帽子拿了下来，轻轻地戴在乔尼头上，然后吻了吻他的额头。

“额头的温度有点高，你是感冒了吗？”

这次，兄弟俩都看见了妈妈眼睛里的闪光。

第十三章

妈妈在小口地喝着茶，她看起来很真实，头发在灯光的照射下反射出耀眼的光芒。她的味道是妈妈的味道，声音是妈妈的声音，一举一动都和妈妈一模一样，除了……眼睛！她的眼睛里好像含有塑料成分，眼神空洞，缺少正常人眼中所拥有的神采。

男孩们坐在桌子的一侧吃晚饭，这么长时间以来，这还是男孩们第一次吃正儿八经的晚饭。如果没有大人们在家，在餐厅里的桌子旁边吃饭根本没有任何意义。桌子上的餐具也只是没用的摆设罢了。

“你长高了。”妈妈对阿里说道。

“可能高了一点。”

“你必须剪头发，宝贝。”妈妈接着对乔尼说道，“我估计需要一把砍刀，普通的剪刀可拿你的头发没办法。”妈妈笑了一下，接着拿起杯子继续小口地喝茶。

“呼，今天可真是与众不同的一天啊，唤起了很多记忆，不是吗？我得去睡觉了。你们也不要熬夜呀。”妈妈说完便起身把茶杯放回橱柜里，然后吻了吻两个儿子的额头，便回卧室睡觉了。

乔尼看了一眼阿里。

“你觉得，我们成功了吗？”他小声说道。

阿里用手擦了下额头。

“我不确定，那只是普通的止咳药，不过我每次吃完它总是很困。”

“那我们开始吧？”

“再等一会儿。”

他们安静地坐在漆黑的厨房里，两个人都在想同一件事，为什么妈妈回家会变成一件特别可怕特别恐怖的事情呢？这原本是件好事，他们都期待好久了。想来想去，只能是因为妈妈熟悉又安心的面孔下藏着某个怪物吧。

“现在！”阿里说道。

第十四章

电视屏幕一片漆黑，黑的，黑的，还是黑的，阿里和乔尼已经用各种办法尝试了很多次，还是没有任何反应。他们尝试过重启机器，上网寻找信息，在论坛上与其他玩家交流，把攻略读了无数遍，但是这些办法都没有丝毫帮助。实际上，到目前为止除了他们以外，其他人还没有玩到比较高的关卡，更别提通关了。阿里和乔尼试着重新进入游戏，他们输入了十几次用户名以及密码，但是仍旧只能停留在登录页面。马上到睡觉的时间了，在此之前他们俩轮流守在妈妈的卧室门前，听着门后妈妈平缓的呼吸声。太好了，妈妈还在睡觉，这也是阿里和乔尼的计划中唯一顺利进行的事情了。

他们打算两个人一起尝试最后一次，乔尼从妈妈的门前撤离，坐到阿里的身边。

“有件事，”乔尼说道，他看向阿里，表情坚定，“我直到今天才想清楚。”

“什么？”

“开普勒62号。”

“这是游戏的名字，怎么了？”阿里疑惑道。

“也许……一直以来我们都找错地方了？”

“你是说游戏吗？我们已经翻遍了所有的游戏页面，你觉得还有什么秘密我们没有发现吗？”

“大家都在谈论的宇宙探索之旅，你觉得目的地是哪里呀？”

“我不知道，我也不感兴趣。”

乔尼生气地瞪着阿里，显然，在他看来，阿里必须知道这件事。事实上，阿里是知道一点点的，但是他没有说出来，只是用手指摩挲着平板电脑。

“关于游戏的结尾，你觉得那到底是什么意思？”乔尼又转头看着阿里，问道。

“我不知道，我甚至都懒得想它。你看起来像是已经准备好答案喽。”阿里挑眉说道。

“我保证，等会儿你就明白了。”

“一开始，当屏幕变黑的时候，我们觉得这代表游戏已经被锁住了。”乔尼回忆道。

“紧接着就突然出现了视频，视频里我们在草地上放风筝。”阿里补充道。

乔尼把平板电脑递到阿里的眼前，屏幕上有一张太空的图片，里面有无数颗星球。

“啊哈？”

“这就是开普勒 62 号星系，其中很多星球据说与地球很像。”

“啊哈？”

“我们以为视频里的自己是在地球上，其实是……”

“我们已经说过这个问题了，游戏结尾的视频只是劣质的人工制作的动画罢了。它一点也不重要，与我们在哪儿更没有什么关系。”

“开普勒 62 号星系！这就是宇宙探索之旅的目的地，他们要把宇宙飞船发射到那里！”

乔尼的脸颊红通通的。阿里摸了摸他的额头，温度有一点高，但是还不算严重。

“所以，你的意思是外星人发明了这个游戏吗？”

“我们再登录一次。”

阿里照着乔尼的话做。

“输入 18h52m51.060s+45°20′59.507″。”

阿里输入了一堆奇怪的数字和字符，他根本不想知道这些神秘的数字和字符到底是什么意思。现在，让阿里感到无比烦躁的是一个他不想承认的事实：弟弟比自己懂得多。这必须在法律上禁止。

谁也没有说话，电视屏幕仍和之前一样一片漆黑，什么也没有发生。突然，“叮”的一声，这是提醒收到电子邮件的声音；“哔哔”，这是手机短信的声音；“乒乓”“咳咳”“咚咚”……各种软件的声音疯狂地响了起来，就连冰箱上的显示屏也奇怪地自己亮了起来。阿里手忙脚乱地从一个设备跑到另一个设备那里，赶忙把各种设备设置成静音，毕竟妈妈还在睡觉呢！与此同时，乔尼只是抱着平板电脑静静地坐在沙发上，低头研究邮箱里的邮件。

房间里又恢复了安静，信息也停止了发送，相反，它们开始一个接一个地消失了。

乔尼抬起头看着哥哥，他深色的眼睛宛如黑洞般，似乎吸收了房间里所有的灯光。他举起平板电脑给哥哥看，屏幕上只有一个不停闪烁的数字“60”。

“我们只有 60 秒。”

“要做什么？”阿里惊讶道。

“做一个我们人生中最重要的决定。60 秒后他们就要来接我们了。这是一个邀请。”乔尼说道。

“谁要来接我们？我们要去哪儿？”

“就是你说的自由的人呀。”

第十五章

“他们马上就要来接我们了，我们得赶快决定，到底要不要离开。”乔尼催促道。

46

45

“去哪儿？我们到底要去哪儿？”

“我不知道，反正是离开这里。”

40

39

乔尼揉了揉眼睛。

“我好累。”

这时，卧室门后传来“砰砰砰”的声音，似乎门把手也被人用力下压，也可能这一切都是两人的幻听。

27

26

“你和我都在那个草坪上，这就是承诺。”

在某个地方一定有一个更好的世界。

“到底是谁？是谁要来接我们？”阿里焦急地问道，“是谁发送的邀请？为什么游戏的名字和宇宙探索之旅的目的地一样？”

乔尼再次看向哥哥，对于阿里的问题，他也没有更好的答案。

23

22

客厅里一片安静，在人生中最重要的选择面前，一分钟实在算不上长。事实上，它短得可怕，一分钟根本不够做决定的，更别提用来打包行李了，甚至都来不及装个牙膏。

“我不知道。”

“我也是。”

13

12

阿里把厨房的椅子拖到妈妈的卧室门前，用它来别住卧室的门把手。门内的人使劲地转门把手，但是怎么都打不开。妈妈用力地砸门。

“你们到底在做什么？”

接着，门内安静了下来。

11

10

“你知道吗？我们发现了你的秘密。”阿里颤抖着声音说道，然后他拿起空药盒塞进衣服的口袋里。阿里担心地看着弟弟，乔尼的身体微微发颤，他一定是又发烧了。

5

4

3

1

“如果我们把一切都搞错了怎么办？”

如果我们把一切都搞错了怎么办！

房门后传来低沉的敲门声。

“咚。”

EXIT

第十六章

阿里和乔尼本以为来接他们的人会是一个高高壮壮的男人，一定要戴着墨镜，身上还穿着黑色的酷炫皮衣，但是现实让他们非常失望。打开门，门后孤零零地站着个孩子。男孩看起来大概有五岁或者六岁，个头小小的，身上穿着连体裤，就这样站在昏暗的走廊里，像是不小心在楼道里迷了路的小屁孩。阿里和乔尼对视了一眼。

“我们是不是在演电影？不过这部电影的编剧一定是找不到靠谱的演员了。”乔尼说道。

“这部电影没有编剧！”阿里嗤笑道。

“别讲废话了！快跟我来！”

小男孩说完便沿着楼梯向下跑，阿里和乔尼的脚步顿了一下。

“你还有力气走吗？”阿里问道。

他们的身后传来“轰隆”一声，一定是他们放在妈妈卧室门口的椅子倒了。乔尼的身体晃了一下，他赶忙抓住旁边的楼梯栏杆。

见此，阿里蹲下身体，乔尼从身后抱住他的脖子，然后阿里直起身来背着乔尼冲下楼梯。他们听见身后传来脚步声，但是谁也没有回头去看。

等他们来到街上，迎接他们的是另一个“失望”。没有飘在空中的汽车，也没有黑色的豪华轿车，在他们眼前的只是一辆毫不起眼的灰色电动汽车，车里一共有四个座位，和普通的轿车没什么不同。小男孩那张充满了不耐烦的脸从车窗里露了出来。

“快点！你们到底在磨蹭什么？”

“哎，真是太可惜了，没想到我们人生中最紧张刺激的一刻竟然是坐在一辆廉价的平民轿车里。”乔尼凑近阿里的耳朵。

“你等着瞧吧，这辆车等会儿一定会飞起来的。”阿里回应道。他小心地把乔尼放到座位上，然后再把自己塞进车里。

“你们说了太多废话了！”小男孩不满地吼道。他按下按钮，车子立刻无声地启动了，他们终于出发了。阿里扭头透过后车窗看到，妈妈从大楼里跑了出来。奇怪的是，她并没有继续追着他们的车子跑，而是小心翼翼地举起手，然后……挥了挥。

100

阿里立刻把头转了回来，仿佛受到了电击一般，他没有和乔尼提起刚刚发生的一切，只是专注地盯着街道。妈妈的挥手并不符合他们最初的猜想，似乎妈妈只是想要和他们进行告别。这种想法一方面让阿里感到一丝安慰，另一方面又让他有点不安。

“至少，你应该有驾照吧？”乔尼向开车的小男孩求证道。车子在路上疾驰。

“至少，你应该认识红绿灯吧？”

“安静点！我在开车呢！”小男孩的声音里充满了稚气，他即使是发火也让人感觉不到害怕。

飞机跑道位于森林中央，忽明忽暗的红蓝色彩灯将整个跑道围了起来，从远处看，就像是一个被废弃了很久的游乐场，只是缺少欢快的音乐，以及各种迎风招展的彩旗，如果还有怪兽主题的游戏场所那就更完美了。

黑暗中闪烁着某种黄色的灯光，汽车行驶在崎岖不平的地面上，最终在跑道边上停下，与引擎发动时一样，没有发出任何声音。

“快下车！”开车的小男孩命令道。

“你的妈妈难道没和你说过要有礼貌吗？”乔尼说道。

“快点下车！你们还想不想去旅行了？两分钟后飞机就要起飞了。”

“看起来没时间去免税店购物了。”乔尼抱怨道。阿里把乔尼从座位上背起来，下车之后，飞快地向停在跑道尽头的飞机跑去。没错，跑道尽头确实有一架黑色的小型飞机，它看起来有点邪恶，毕竟黑色的飞机并不常见，不是吗？机身上没有任何品牌标志，从窗户透出来的灯光在黑暗中格外明显，就像是一群野兽的眼睛在闪闪发亮。

“希望这架飞机的驾驶员至少上完了学前班。”乔尼叹气道。阿里背着乔尼走上了机舱门前狭窄的楼梯，在舱门前脚步一顿。

“如果，这是个陷阱怎么办？如果我们被带去做坏事了呢？”阿里犹豫道。

“可是我们还有别的选择吗？”

眼前的门开始自动关闭，阿里迅速地做出决定，背着乔尼一下跳进了飞机里。同时，轰鸣的引擎声表示着旅程即将开始。飞机里十分昏暗，狭窄的机舱里大约有十个空座位。飞机开始滑行，阿里放下乔尼，两人赶紧跑到离自己最近的空位上坐好。机身微微颤抖，下一秒，飞机迅速地转弯。有一瞬间，阿里甚至觉得飞机就要散架，不过，这种可怕的颤抖与颠簸总算停了下来，他们终于飞上了天空。

阿里和乔尼望着底下越来越模糊的城市灯光，他们知道，自己离家也越来越远了。乔尼看了一眼哥哥，此时的阿里面无表情，或许两个人都在想，他们刚刚犯了人生中最大的错误。

黑色的飞机越飞越高，现在能够清楚地看见挂在天空中的星星了。穿过层层云雾，飞机向着西方驶去。

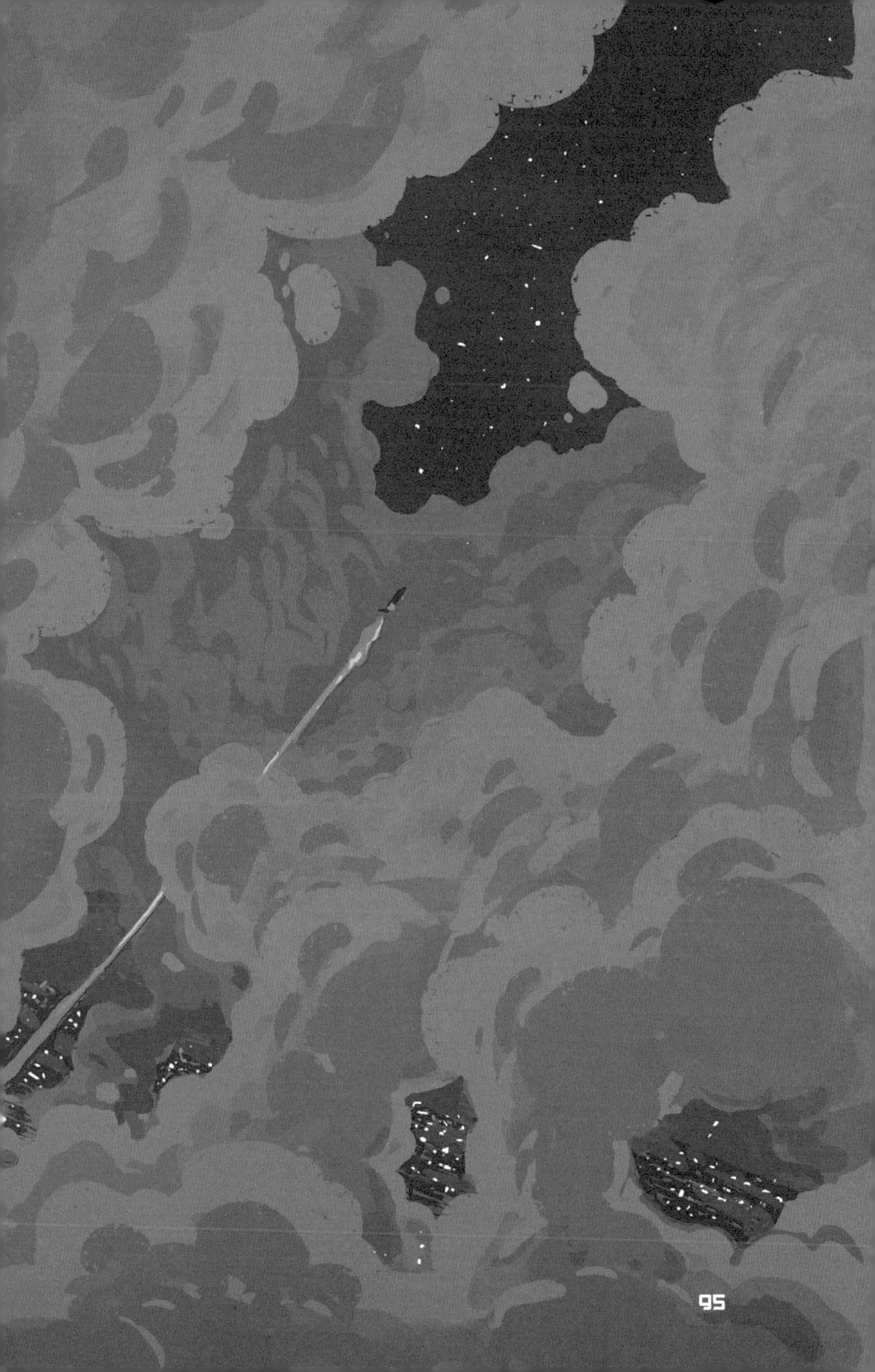

第十八章

阿里从睡梦中醒来，摸了摸口袋，不禁失望地叹气道："我把手机落在家里了，真是糟糕透了。"显然，阿里十分懊恼。

他转身向旁边坐着的乔尼看过去，乔尼还在睡觉，不过显然，此刻的乔尼睡得并不安稳，红通通的脸上布满了汗水，嘴巴微张，似乎喘不过气来。阿里摸了摸乔尼滚烫的额头，他意识到，之前吃过的药的药效已经明显减弱了。正如在医院里碰到的那位库玛博士所说，吃药根本不能将乔尼的病治好，它只能稍微缓解一下发病时的症状。

他们所在的黑色飞机的机舱并不大，只能容纳十把皮质的座椅，机舱的尾部还有一个小小的隔间，相当于一个简易的厨房。阿里走到机舱尾部，打算仔细地研究一下这个地方。他拉开了那些钢制抽屉，里面放着一些餐具，接着他又打开了立在角落的小冰箱，里面整整齐齐地摆放着几盒鱼罐头。小厨房里还有一个橱柜，橱柜的门上被人画上了一个红色的十字符号。原来，这就是药柜。打开柜子，里面有膏药、消毒水，还有成盒的药。阿里难以置信地把药盒从柜子里拿出来，又把之前塞到上衣兜里的空药盒翻出来，仔细地比对，没错，一模一样，药盒上面都有帆船图案。阿里颤抖着双手打开药盒，从里面抠出两粒白色小药片，和之前从医院拿到的药一模一样。

“把药吃了。”阿里摇醒了乔尼。

因为发着高烧，乔尼即使睁开湿漉漉的眼睛，也迷迷糊糊地不知道发生了什么，不知道阿里让他把什么吃掉。不过，出于本能，乔尼吞下了阿里递给他的药片，又喝了一大口果汁，然后下一秒，再次昏睡过去。

阿里在一旁怎么也睡不着，他脑子里飞快地闪过所发生的一切，一种在医生看来十分罕见的病毒，还有特定的药，要知道，乔尼吃的药是医生都没有权力开给病人的，然而碰巧的是，在这架飞机上恰好就有这种极为珍贵的药。显然，有人认识他们，有人知道他们会登上这架飞机，并为他们的到来准备好了一切。

第十九章

飞机慢慢地降低了高度，在低空中飞行。厚厚的云层遮挡住了地面上的景观，只零星地透出几缕灯光。阿里和乔尼的视线牢牢地粘在小小的飞机窗口上，未知的目的地会有什么在等待着他们呢？这真的只是游戏通关后奖励给他们的一次旅行，还是会有更多奇妙的事情？他们去的地方难道是什么秘密基地吗，比如说连联邦都不知道的秘密基地？还是，他们把一切都弄错了？也许在目的地等待着他们的会是管弦乐队、红毯，以及在迪士尼的美好周末呢！或许是游戏结尾画面中出现的那个地方，兄弟俩还在草坪上放风筝呢！乔尼之前就研究过那段视频，他说过，这一定不简单。然而最关键的还是《开普勒 62 号》，为什么只有在他们输入了星系的坐标后，最后的邀请才会被激活？各种想法在阿里的脑海里激烈地斗争，阿里看了一眼弟弟，乔尼正好也看着哥哥，乔尼的眼神里带有明显的恐慌。阿里尝试着表现得冷静些，他握住乔尼冰冷的双手摇了摇。好消息是，乔尼的烧退了。

“你能找到这种药可真是太棒了。”乔尼笑着说道。

“对呀。”阿里点头道。

“药盒里装的药比我们想的还要多，是吗？”

“没错，里面还有两片。”阿里低声回答道。

“太棒了，等会儿当我们到达目的地的时候，我可一点也不想看起来病恹恹的。我不想他们因为生病把我送回来。”乔尼担忧地说道。

“不会有人把你送回来的。”

阿里看向窗外，他不想让乔尼看见自己同样充满担忧的眼神。飞机正飞在一片荒地的上方，棕色的荒地中央有一片反光的湖区，更远处则是大大小小的山丘。在有些人眼里，这也许是世上最漂亮的景色，但对于阿里来说，则是满目荒凉。

“荒地中央的湖为什么会冻成冰呢？”阿里纳闷道。

“这个地方看起来并不像是真正的度假天堂。”乔尼出声打断了阿里的思路。

飞机在这片地区上方盘旋，长方形的区域里坐落着数十栋高矮不一的建筑。远处，冰冻住的湖区的另一边还有些零零散散的建筑，但是由于距离太远，光线太弱，那些建筑的大小和形状很难看清。

飞机向建筑群中的一座建筑冲了过去，显然，那就是飞机降落大厅。整个飞行过程中，兄弟俩都没有看到飞行员长什么样，也没有看见任何工作人员。飞机降落后，伴随着吱吱呀呀的声音，舱门慢慢地打开，阿里和乔尼忐忑地坐在位子上，对前方等待他们的一切感到迷茫。

“要不我们等一下再出去？”阿里最终提议道。

第二十章

巨大的大厅里如蜂巢一般吵闹，里面还停着两架一模一样的飞机。从其中一架飞机上走下来五个大约同样年纪的孩子，这些孩子同阿里和乔尼一样目瞪口呆，对眼前发生的一切感到十分惊讶。

另一架飞机刚加满油，准备起飞。偌大的场地上，许多小型的电动汽车身后拉着装满了金属抽屉的车厢。穿着灰色连体制服的男人们和女人们都在忙着自己手头的事，没有人对飞机上下来的人给予任何关注。不知道过了多久，大厅的另一端驶来一辆敞篷汽车，看起来，是直冲着阿里和乔尼过来的。

“这到底是哪里啊？”阿里好奇地问道。

“谁也不知道。”

就在这时，远处驶来的汽车在他们的面前停下，从驾驶位上跳下来一个年轻的女人。女人一头浅色的头发，脸色苍白，然而肌肉却十分发达。

“你们好，我是奥利维亚。”女人微笑着说道。

“请注意，请注意，第三组刚刚抵达。”她对着装在手腕上的麦克风说道。

“欢迎你们，你们是人类的希望。你们的旅程即将开始，在这里你们可以受到教育，以及学习任何你们所需要的知识，总之，为了你们最终的伟大目标，你们可以得到一切。现在，请上车吧。”

乔尼和阿里站在原地目瞪口呆，他们当然认出了眼前的女人，她就是那个给了乔尼游戏光盘和可乐的女人，也是他们在医院里见到的那个女人。

巧合实在是太多了。之前，他们毫不犹豫地登上了这架陌生的飞机，飞越了半个地球，现在，他们要登上眼前这辆看起来毫不起眼的汽车。不知为何，女人的邀请让阿里和乔尼感到之前从未有过的害怕，似乎马上就要看到结局了。乔尼抓住阿里的袖子，示意他看一下汽车侧面褪色的喷漆。

“联邦是我们的朋友。”上面写道。

开普勒

62号

开普勒 62 号星系

62f
62e
62d

《开普勒62号》创作者
太空部队将军
提莫
炸弹部队司令
比约恩
《开普勒62号》故事线
视觉设计师帕西

《开普勒62号》
人物形象

乔尼

阿里

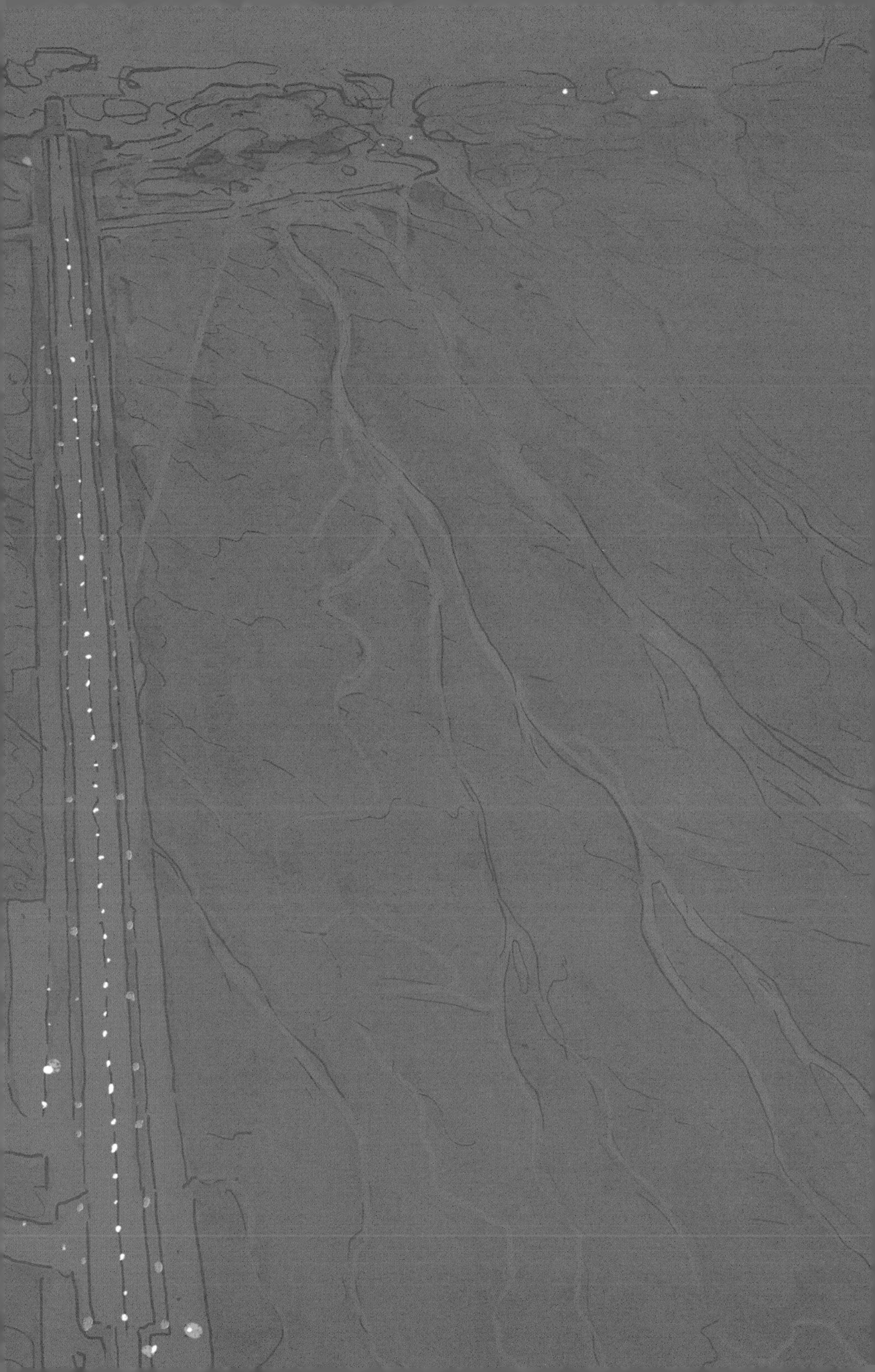